Lasso Logbuch

Inhalt

Ich kann mich selbst beschreiben.

Ich kann eine andere Person beschreiben.

Glücklich sein fühlt sich gut an!

Ich zeichne, was mir hilft, wenn ich traurig bin.

Ich kann über meine Gefühle sprechen.

Ich kann Gefühle bei anderen erkennen.

▶ SB Seite 12 – 15

Ich weiß, was mich gesund hält.

Ich kann die Ernährungspyramide erklären.

Bewegung

Ernährung

Körperpflege

Ich kann eine Handlung oder eine Aufgabe von Anfang bis Ende ordnen und beschreiben.

Ich kann mich rund um meine Schule orientieren.

Meine Schuladresse lautet: ______________________________

____

____

Ich kann meinen Schulweg beschreiben.

Ich kenne wichtige Verkehrsregeln.

Ich kann den Weg zu meiner besten Freundin oder meinem besten Freund beschreiben.

► SB Seite 26–29

Ich kenne die Jahreszeiten und kann ihnen Besonderheiten zuordnen.

Ich kenne die Monate eines Jahres und kann etwas dazu erzählen.

Ich kenne die Wochentage und kann erzählen, was ich an einzelnen Tagen mache.

MO	DI	MI	DO	FR	SA	SO

Ich kann die Teile des Körpers benennen.

Ich weiß, was mein Körper alles kann.

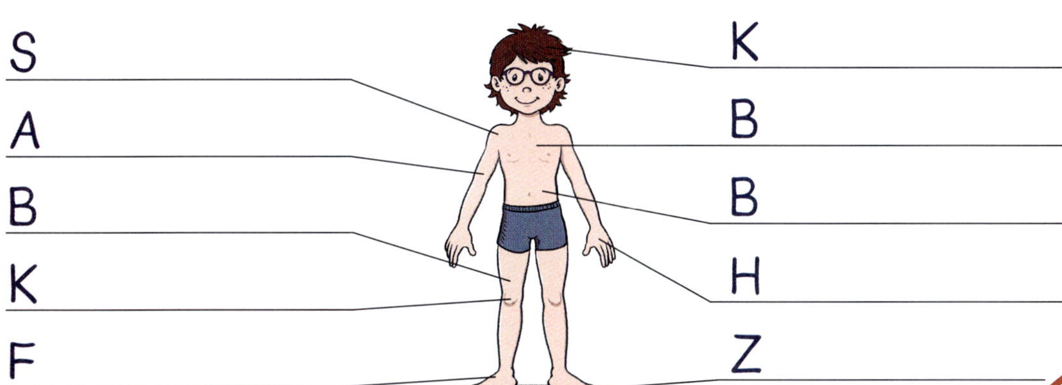

Ich kann alte und neue Gegenstände und Geräte beschreiben und miteinander vergleichen.

Ich kann ältere Menschen zur Vergangenheit befragen und darüber berichten.

So stelle ich mir die Zukunft vor:

► SB Seite 40, 41

Ich kann mein Klassenzimmer beschreiben.

Ich kann mein Zimmer und meine Wohnung oder mein Haus beschreiben.

In meiner Wohnung oder in meinem Haus gibt es so viele …

◯ Zimmer	◯ Türen	◯ Fenster
◯ Betten	◯ Tische	◯ Teppiche
◯ Sessel	◯ Pflanzen	◯ ____________

Ich kann Besonderheiten in meiner Umgebung nennen.

Ich kann einen Spielplatz in meiner Nähe beschreiben und mit anderen vergleichen.

Ich vergleiche die Bilder und finde 5 Unterschiede:

► SB Seite 46, 47 / 64, 65

Ich kann die Teile eines Apfels benennen.

Ich kann die Teile eines Baumes benennen.

Ich kenne verschiedene Blumen und kann sie beschreiben.

Ich kenne verschiedene Tiere und kann sie beschreiben.

M	V	E	R	G	I	S	S	M	E	I	N	N	I	C	H	T	L
R	A	U	P	E	V	C	L	Ö	W	E	N	Z	A	H	N	H	B
S	D	A	F	N	O	C	M	A	R	I	E	N	K	Ä	F	E	R
O	E	R	J	G	Ä	N	S	E	B	L	Ü	M	C	H	E	N	A
A	J	S	C	H	M	E	T	T	E	R	L	I	N	G	I	W	U
U	K	P	Q	K	M	A	U	L	W	U	R	F	K	N	M	T	P
J	G	A	R	O	T	K	L	E	E	G	R	H	B	I	E	N	E
I	N	M	S	U	R	E	G	E	N	W	U	R	M	N	S	U	H

► SB Seite 21/51–55

Ich kann verschiedene Berufe aufzählen. ☺ ☺ ☺

Ich kann Berufe beschreiben und ihnen Werkzeuge zuordnen. ☺ ☺ ☺

1 Er macht Brot und Semmeln.
2 Er serviert uns das Essen.
3 Sie hilft kranken Menschen.
4 Sie repariert unsere Schuhe.
5 Er bringt uns an unser Ziel.
6 Sie lernt mit uns in der Schule.

1				B						
2			K							
3			Ä							
4	S									
5	B									
6			L							

Ich kann meinen Traumberuf beschreiben. ☺ ☺ ☺

Mein Traumberuf:

Das muss ich lernen:

Das brauche ich dazu:

Das werde ich machen:

Ich kann den Unterschied zwischen „brauchen" und „wünschen" erklären.

Ich kann Euro-Münzen und Euro-Scheine erkennen.

Es gibt Wünsche, die kann man nicht mit Geld erfüllen.

Was wünschen sich diese Kinder?

Ich kann mir Wünsche erfüllen:

kaufen

leihen

zum Geburtstag wünschen

teilen

tauschen

► SB Seite 60, 61

Ich kann technische Geräte aufzählen. ☺ ☺ ☺

Ich kann erklären, wofür wir sie verwenden und wie sie uns helfen. ☺ ☺ ☺

Dieses Gerät würde ich gern erfinden:

Das ist ein: ______________________

Ich weiß, wie ich den Computer einschalten und verwenden kann. ☺ ☺ ☺

Ich benenne die Teile des Computers:

R ______________________

D ______________________

B ______________________

M ______________________

T ______________________

► SB Seite 40/60

Ich kann mich unterschiedlich bewegen (rollen, schaukeln, rutschen, springen ...). 😀 🙂 😐

Ich kann Kräfte ausprobieren (ziehen, stoßen, drücken, schieben ...). 😀 🙂 😐

Gestaltet Bewegungsstationen im Turnsaal.
Achtet darauf, dass ihr viele Bewegungsformen und Kräfte einsetzt!

Unsere Stationen:	Bewegungsformen:	So hat es geklappt:
______	______	👍 👎
______	______	👍 👎
______	______	👍 👎
______	______	👍 👎
______	______	👍 👎

Ich kann beschreiben, wofür wir Wasser verwenden. 😀 🙂 😐

Wasser

► SB Seite 62–67

Meine Interessen und Stärken

Ich bin neugierig und kann mir Fragen überlegen.

Zurzeit interessiert mich: ______________________

Meine Frage dazu ist: ______________________

____

Ich weiß, was ich gut kann.

Ich weiß, worin ich mich noch verbessern kann.

Ich kann unsere Gesprächsregeln einhalten.

Wir beobachten und entdecken.

Das ist mir gut gelungen: ______________________

Das könnte ich das nächste Mal anders machen: ______________________

Hier habe ich die Methode angewendet: ______________________

Ich kann anderen erzählen, was ich beobachtet habe.

Wir befragen.

Das ist mir gut gelungen: ______________________

Das könnte ich das nächste Mal anders machen: ______________________

Hier habe ich die Methode angewendet: ______________________

Ich kann meine Ergebnisse mit anderen vergleichen.

Wir basteln ein Faltbuch.

Das ist mir gut gelungen:

Das könnte ich das nächste Mal anders machen:

Hier habe ich die Methode angewendet:

Ich kann meine Ideen zeichnen oder aufschreiben.

Wir gestalten ein Plakat.

Das ist mir gut gelungen:

Das könnte ich das nächste Mal anders machen:

Hier habe ich die Methode angewendet:

Ich kann meine Ideen ausprobieren.

Ich kann mit anderen meine Ergebnisse besprechen.

Ich kann Informationen sammeln, beschriften und ordnen.

Wir machen eine Ausstellung.

Das ist mir gut gelungen: ______________________

Das könnte ich das nächste Mal anders machen: ______________________

Hier habe ich die Methode angewendet: ______________________

Ich kann mit anderen gemeinsam eine Aufgabe ausführen.

Wir experimentieren.

Das ist mir gut gelungen: ______________________

Das könnte ich das nächste Mal anders machen: ______________________

Hier habe ich die Methode angewendet: ______________________

Ich kann meine Ideen ausprobieren.

Ich kann mit anderen meine Ergebnisse besprechen.